"[...] AQUELAS EXEMPLARES PENÉLOPES CONDENADAS A COSTURAR, A CALAR E A ESPERAR. COSTURAR ESPERANDO QUE APARECESSE UM NOIVO CAÍDO DO CÉU. CONTINUAR COSTURANDO, SE O NOIVO TIVESSE APARECIDO, PARA PASSAR O TEMPO ENQUANTO ESPERAM O CASAMENTO... [...] COSTURAR, POR ÚLTIMO, QUANDO O NOIVO JÁ VIROU MARIDO, ESPERANDO-O COM O MAIS DOCE SORRISO DE PERDÃO PELA DEMORA DELE EM VOLTAR PARA CASA."

CARMEN MARTÍN GAITE

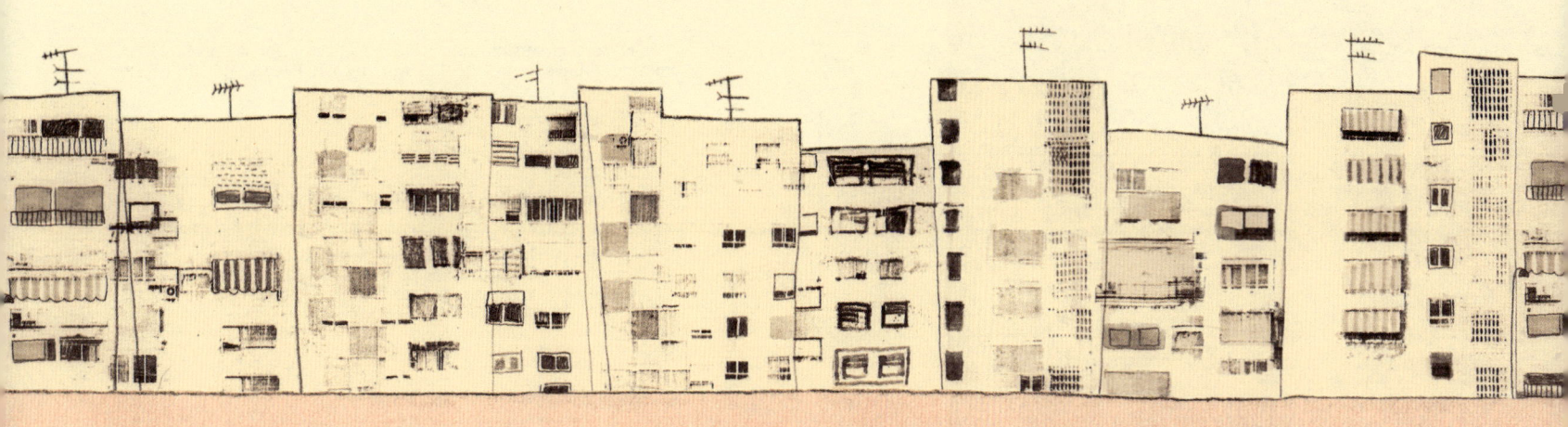

Copyright © Ana Penyas, 2017

Copyright © edição original:
Penguin Handom House Grupo Editorial, 2017

Copyright © para esta edição:
Palavras Projetos Editoriais Ltda.

Título original: *Estamos todas bien*

Responsabilidade editorial:
Ebe Spadaccini

Edição:
Vivian Pennafiel

Preparação:
Fabio Weintraub

Assessoria pedagógica:
Cibele Lopresti Costa

Coordenação de revisão:
Simone Garcia

Revisão:
Camila Lins, Marcelo Nardeli e Sandra García Cortés

Coordenação de arte:
Simone Scaglione

Diagramação:
casa stark

Todos os direitos reservados à
Palavras Projetos Editoriais Ltda.
Rua Pe. Bento Dias Pacheco, 62,
Pinheiros – São Paulo – SP
CEP 05427-070
Tel. +55 11 2362-5109

www.palavraseducacao.com.br
faleconosco@palavraseducacao.com.br

Dados Internacionais de Catalogação na Publicação (CIP) de acordo com ISBD

P419e	Penyas, Ana
	Estamos todas bem / Ana Penyas ; traduzido por Ivan Rodrigues Martin ; ilustrado por Ana Penyas.- São Paulo : Palavras Projetos Editoriais, 2022.
	112 p. : il. ; 27,5cm x 20,5cm.
	Tradução de: Estamos todas bien
	ISBN: 978-65-88629-88-8
	1. História em quadrinhos. 2. Novela gráfica. 3. Protagonismo feminino. 4. Envelhecimento. I. Martin, Ivan. II. Penyas, Ana. III. Título.
2022-818	CDD 741.5
	CDU 741.5

Elaborado por Odilio Hilario Moreira Junior - CRB-8/9949

Índice para catálogo sistemático:
1. Quadrinhos 741.5
2. Quadrinhos 741.5

ESTAMOS TODAS BEM

ANA PENYAS

Tradução: Ivan Rodrigues Martin

1ª edição • São Paulo – SP • 2022
2ª reimpressão

DEDICADO ÀS MINHAS AVÓS POR SEU ETERNO CARINHO,
SEUS BOLINHOS DE CHUVA E SUAS HISTÓRIAS.

MADRI
Las Navas del Marqués
Alcorcón
GUADALAJARA
Tajo
TOLEDO
CUENCA
A3
A3   A3   A3
Honrubia
Quintanar del Rey
CIDADE REAL
ALBACETE
Gestalgar
Turia
Júcar
CASTELLON
VALÊNCIA

MARUJA

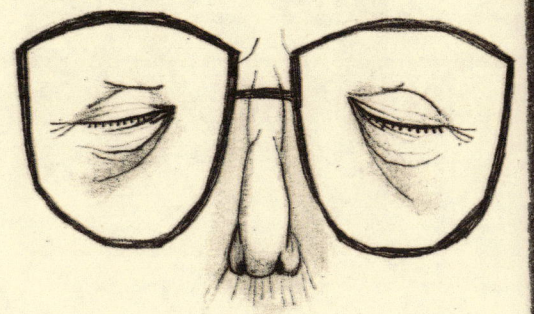

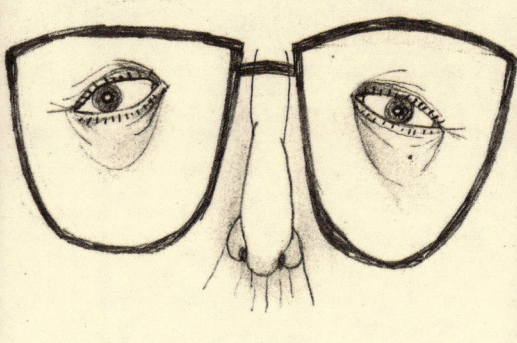

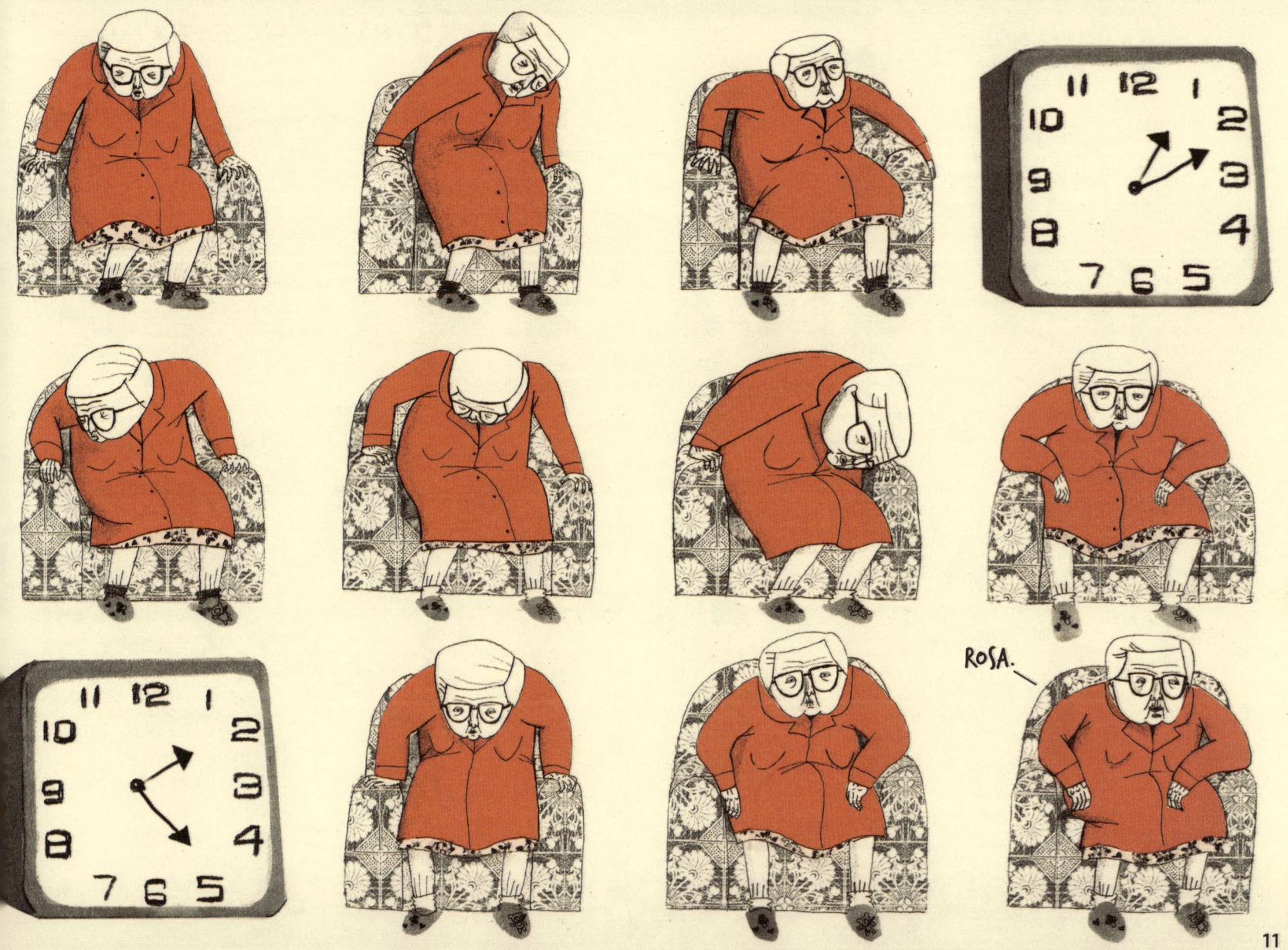

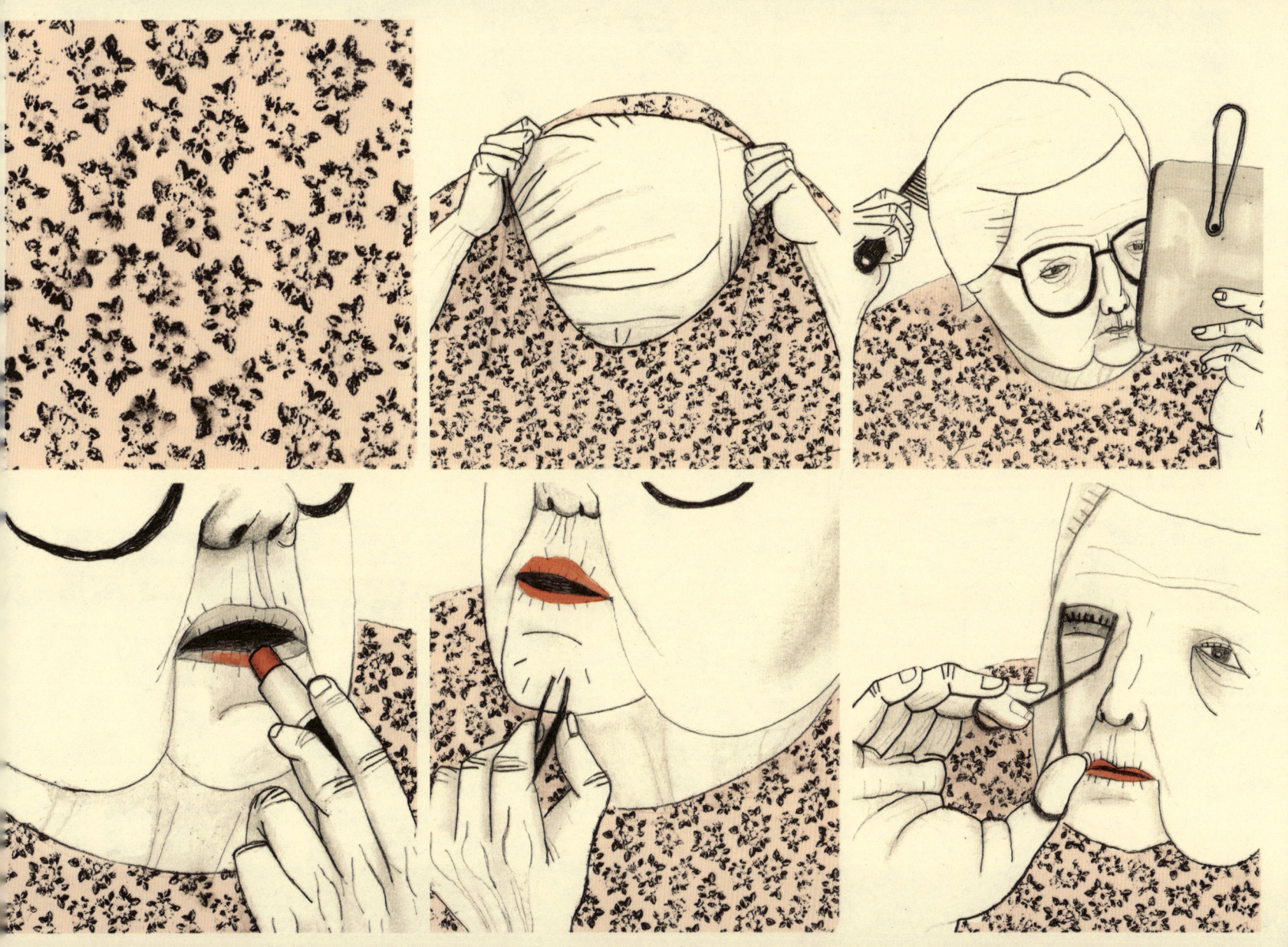

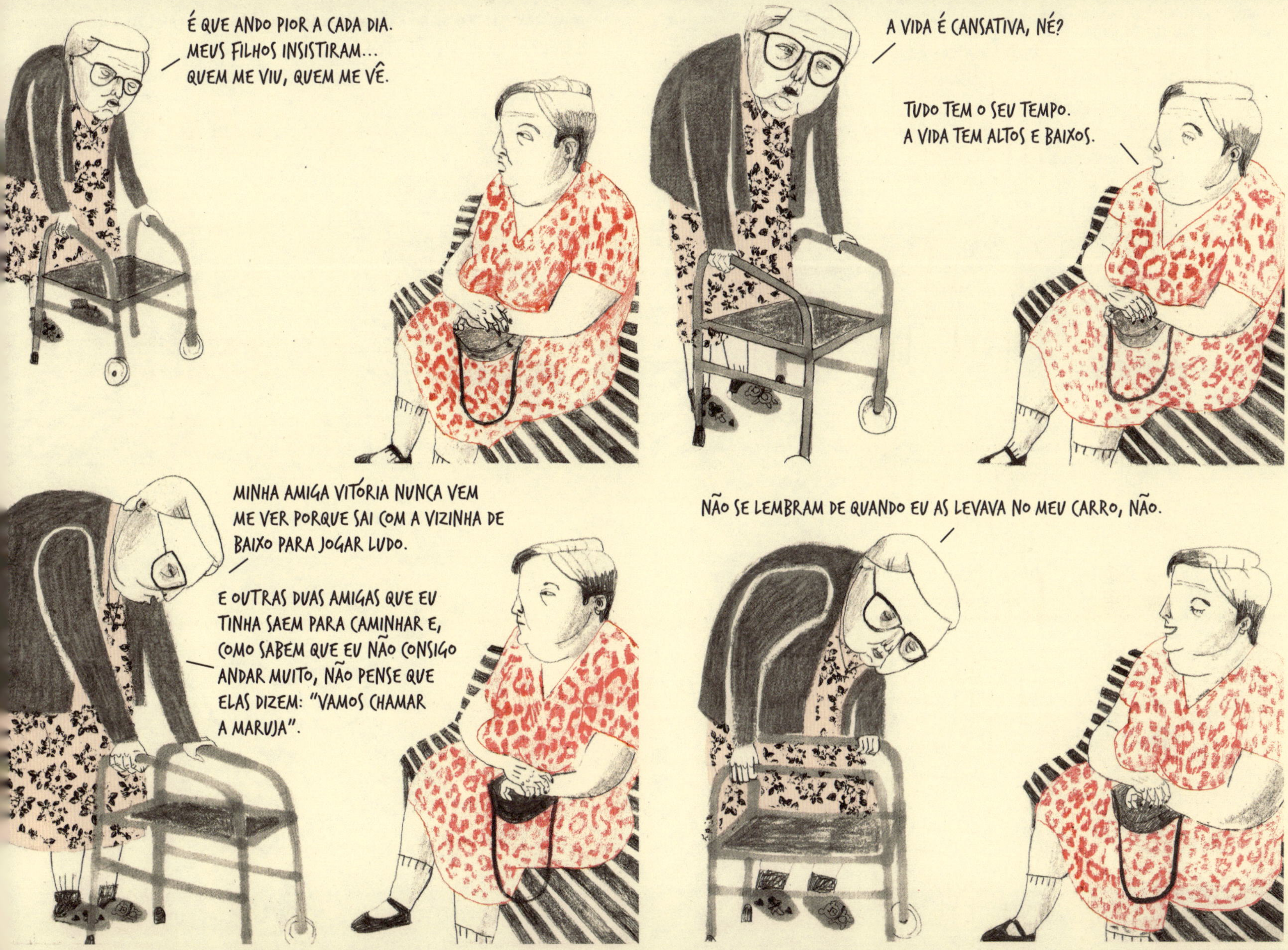

"EU TINHA NOJO DO BAR... TINHA QUE ESPERAR PELA MINHA TIA, QUE VOLTAVA À MEIA-NOITE."

LAS NAVAS DEL MARQUÉS, 1946

HOSPEDARIA CAVA

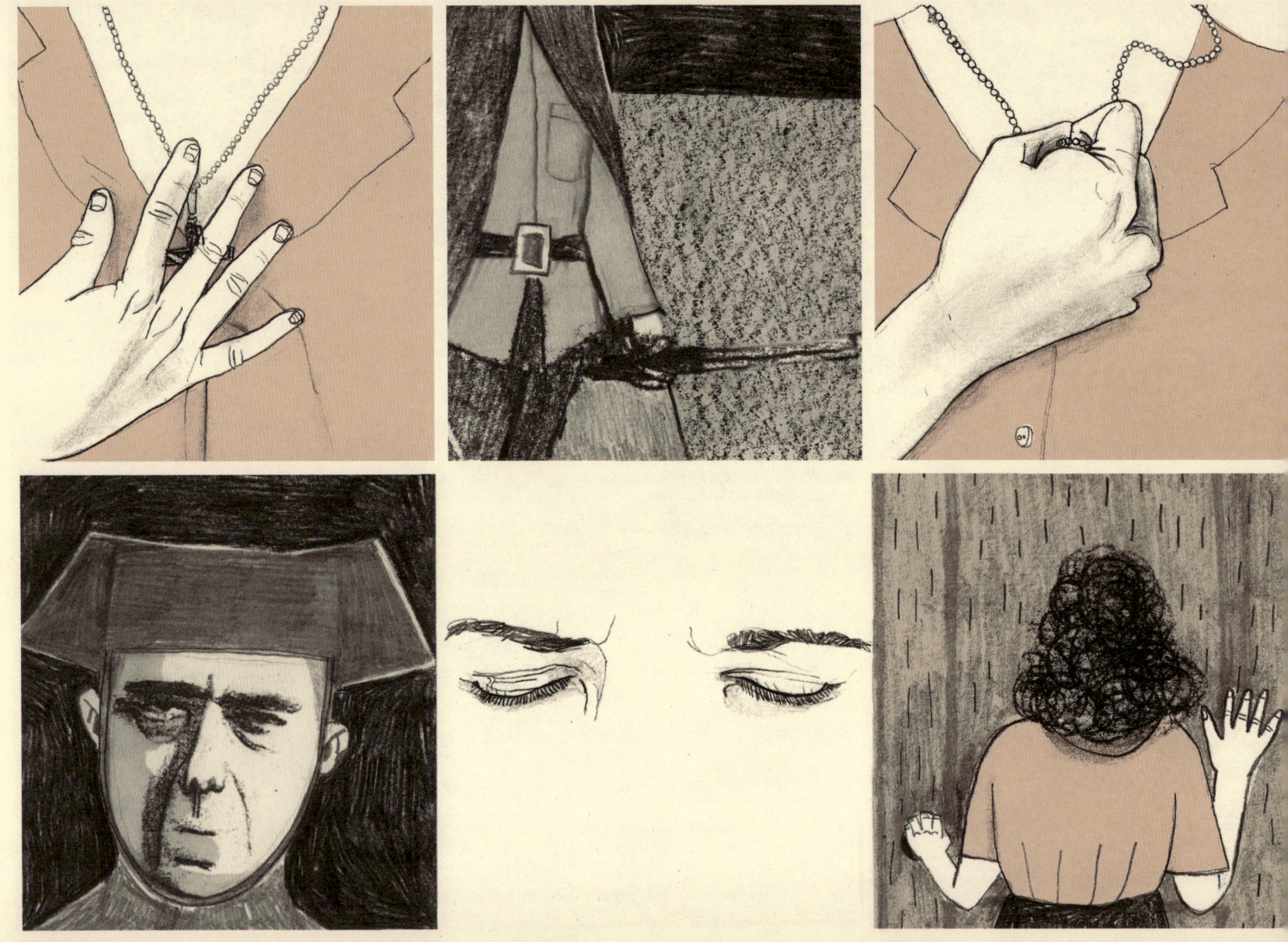

TRRRIM!

ALÔ!

MAMÃE, ESTÁ LEMBRADA QUE VOU AÍ PARA O ALMOÇO?

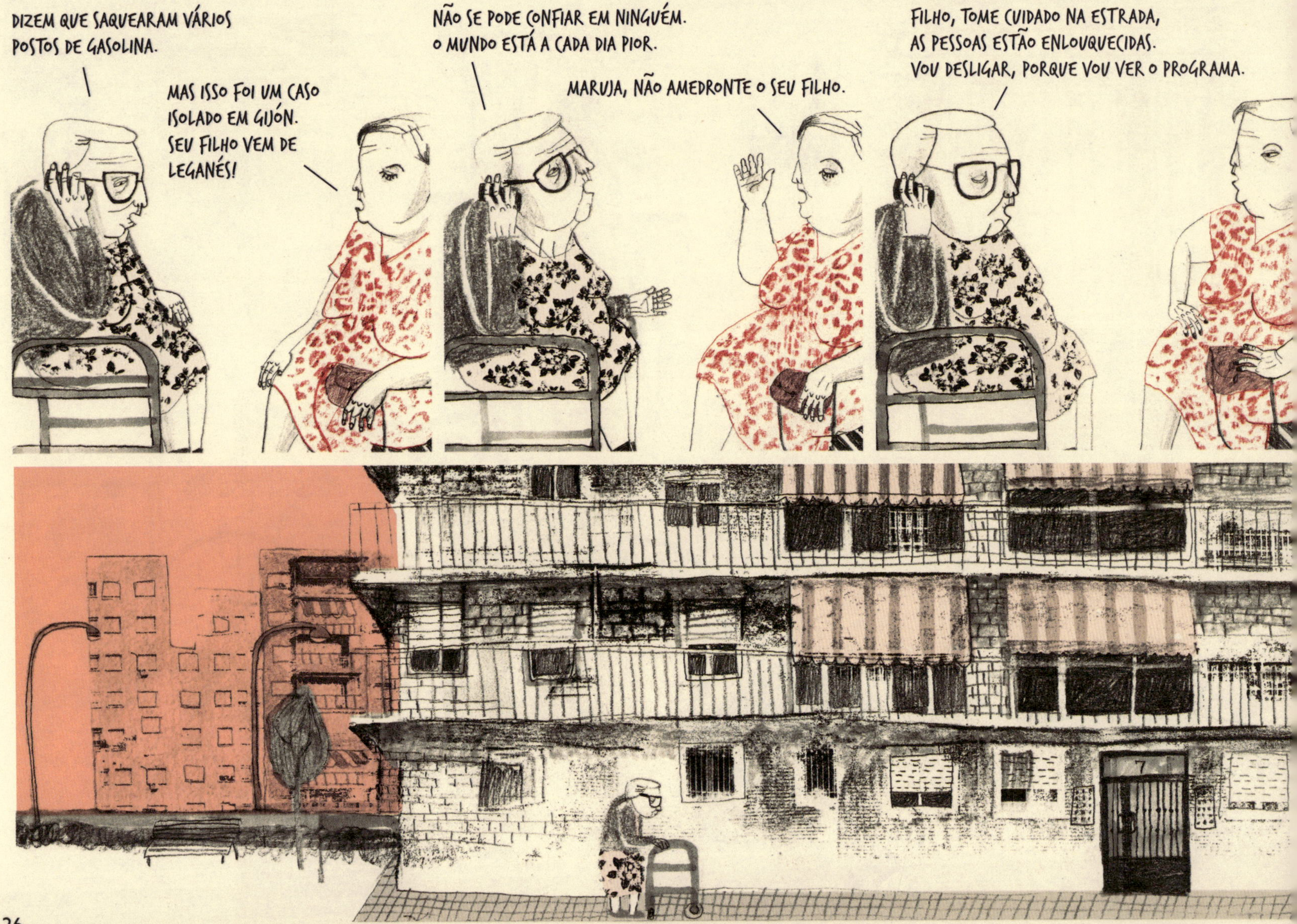

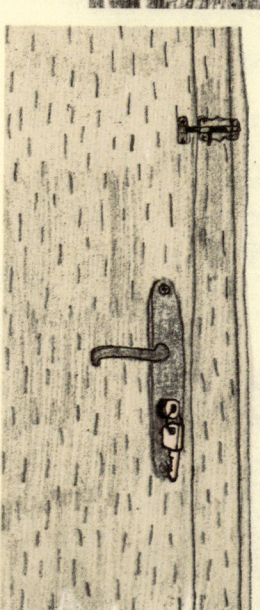

EM NOME DO PAI, | DO FILHO | E DO ESPÍRITO SANTO,

AMÉM.

O dia do Senhor

"DECIDIRAM ME CASAR…
NO COMEÇO EU NÃO QUERIA,
ELE ERA MUITO MAIS VELHO DO QUE EU,
MAS ACABEI PENSANDO…
BOM, ME CASO COM O MÉDICO
E ASSIM ME LIVRO DO BAR."

Data:
Hora:
Tempo gasto:

```
I N T E A B C A D E E R E T E E O T I U
O S T E R F H I A S E A D S A B C A D E
F E A N T N E A O E E R N E R T E N A
N E N H S E H U I A O M N I S G O H I J
O S I H I U H E A S B A S D E R T U I D
D A L B D E T H N H M O N I Q E N
E Ñ E D E K A P S I A H G O A I X
E L A I A O S I D U E M F O S L E
K S O L S O E L E I D A I S O L E I F
S R A L E M E D I A O S K D N F O A
N R O J I E S A S I T E A J W J E I E C
```

RECOMENDAÇÕES PARA TRANSTORNOS COGNITIVOS
EM PACIENTES COM MAL DE PARKINSON

Exercícios de funções executivas

Data:
Hora:

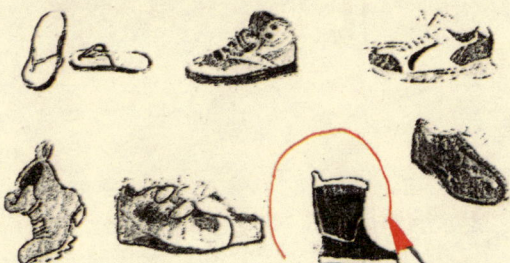

RECOMENDAÇÕES PARA TRANSTORNOS COGNITIVOS
EM PACIENTES COM MAL DE PARKINSON

Exercício 2: organize as seguintes frases de modo que fiquem em uma sequência lógica:

- Ferver todos os ingredientes na panela.
- Bater no liquidificador.
- Comer o creme de legumes.
- Cortar os legumes.
- Descascar os legumes.
- Pegar os ingredientes necessários: batatas, vagens, cenouras e cebola.
- Colocar os legumes cozidos em um recipiente com um pouco de caldo.

TRRRIM!

OI, VÓ, É A ANA, CHEGAMOS AMANHÃ AO MEIO-DIA.

MAS O QUE É QUE VOCÊ QUERIA ME PERGUNTAR?

SOBRE SUA VIDA, QUERO ESCREVER UMA HISTÓRIA DAS MINHAS AVÓS.

E POR QUE NÃO ESCREVE UMA HISTÓRIA DE AMOR, QUE É MELHOR?

É QUE HISTÓRIAS DE AMOR EXISTEM MUITAS, MAS DE AVÓS, NÃO.

VERDADE, VOCÊ TEM RAZÃO.

LAS NAVAS DEL MARQUÉS, 1951

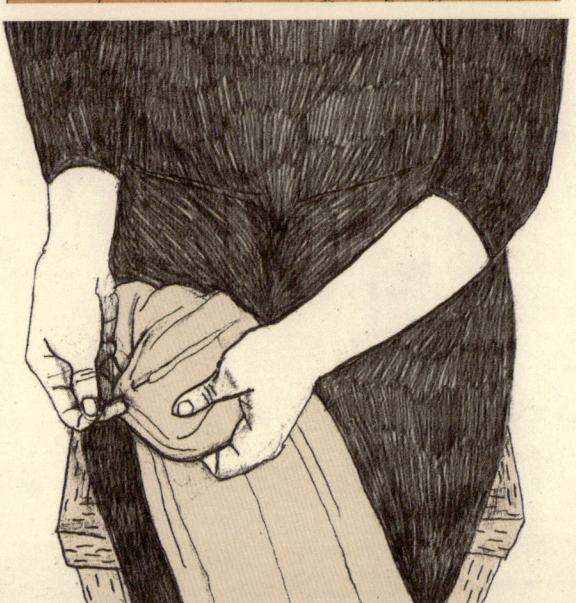

ALEXANDRA, DEIXE AS LENTILHAS DE MOLHO PARA AMANHÃ.
SIM, DONA CONCHA.
FACULDADE DE MEDICINA
ALEXANDRA, AMANHÃ EU CUIDO DAS LENTILHAS.
A DONA DA CASA SOU EU.
A SENHORA É QUEM MANDA, DONA MARUJA.

COLOCOU DE MOLHO NA NOITE ANTERIOR?
SIM, TIA.
REFOGUE A CEBOLA, COM TOMATE E CALABRESA, SE QUISER...
E DEPOIS, ERA PRA FAZER O QUE MESMO?
PONHA AS LENTILHAS E CUBRA...
NÃO EXAGERE NA ÁGUA.

EM SEGUIDA, PONHA UM PEDAÇO DE TOICINHO...

E HORTELÃ, QUE FICA MUITO BOM...

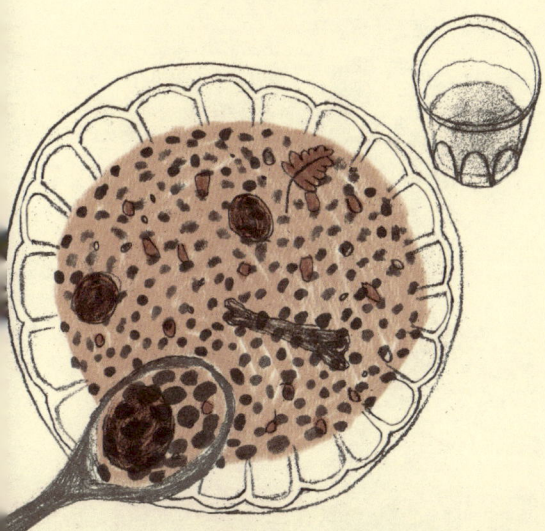

— MARUJA, FICARAM MUITO BOAS AS LENTILHAS. NÃO SE PARECEM COM AS DA MAMÃE, CONCHA?

— SIM, BEM... PRO MEU GOSTO ESTÃO UM POUCO INSOSSAS.

— MAMÃE!!!

— MAMÃE! ASSIM NÃO DÁ.

— E DEPOIS VOCÊ RECLAMA. UM DIA VAMOS TER UM ACIDENTE.

— MAS É QUE VOCÊ NÃO SABE FAZER.

— E POR ACASO A SENHORA NÃO NOS ENSINOU? JÁ FRITEI MUITO OVO E FIZ MUITA LENTILHA NESTA VIDA.

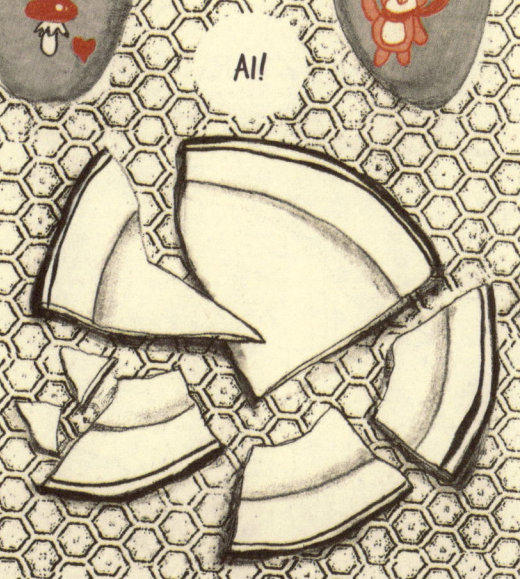

AI!

ESTAVA NA CARA.

VÁ VER UM POUCO DE TEVÊ; CHAMO A SENHORA QUANDO ESTIVER PRONTO.

"EU SUBIA NUMA LAJE QUE TÍNHAMOS EM CASA E,
AO OLHAR PARA O RIO, ME LEMBRAVA DE LAS NAVAS
E ME DAVA UMA TRISTEZA...
ELE ERA MÉDICO E EU NÃO ERA NINGUÉM."

"MAS EM SEU GUARDA-ROUPA NÃO HÁ APENAS PEÇAS DO MODISTA VARELA..."

"... DONA LETÍCIA TEM UMA PREDILEÇÃO ESPECIAL PELOS ACESSÓRIOS DA MARCA ADOLFO DOMINGUES."

GESTALGAR, 1954

ANTÔNIO, POSSO ENTRAR?

— Vamos dar uma volta por aí?

— Faz três meses que estamos aqui e mal conhecemos o povoado.

— Hoje não, Maruja, outro dia.

— Feche a porta, que está entrando vento.

— Dona Maruja! Diga ao Dr. Antônio que meu marido já está melhor.

O DR. ANTÔNIO É UM SANTO.

"APROVEITE UM FIM DE SEMANA NO CAMPO, MILHARES DE HOTÉIS ENCANTADORES…"

VAMOS VER SE MINHA MARIBEL ME LEVA AO POVOADO.

WONDERBOX
REALIZA SEUS SONHOS
Wonderbox

HERMÍNIA

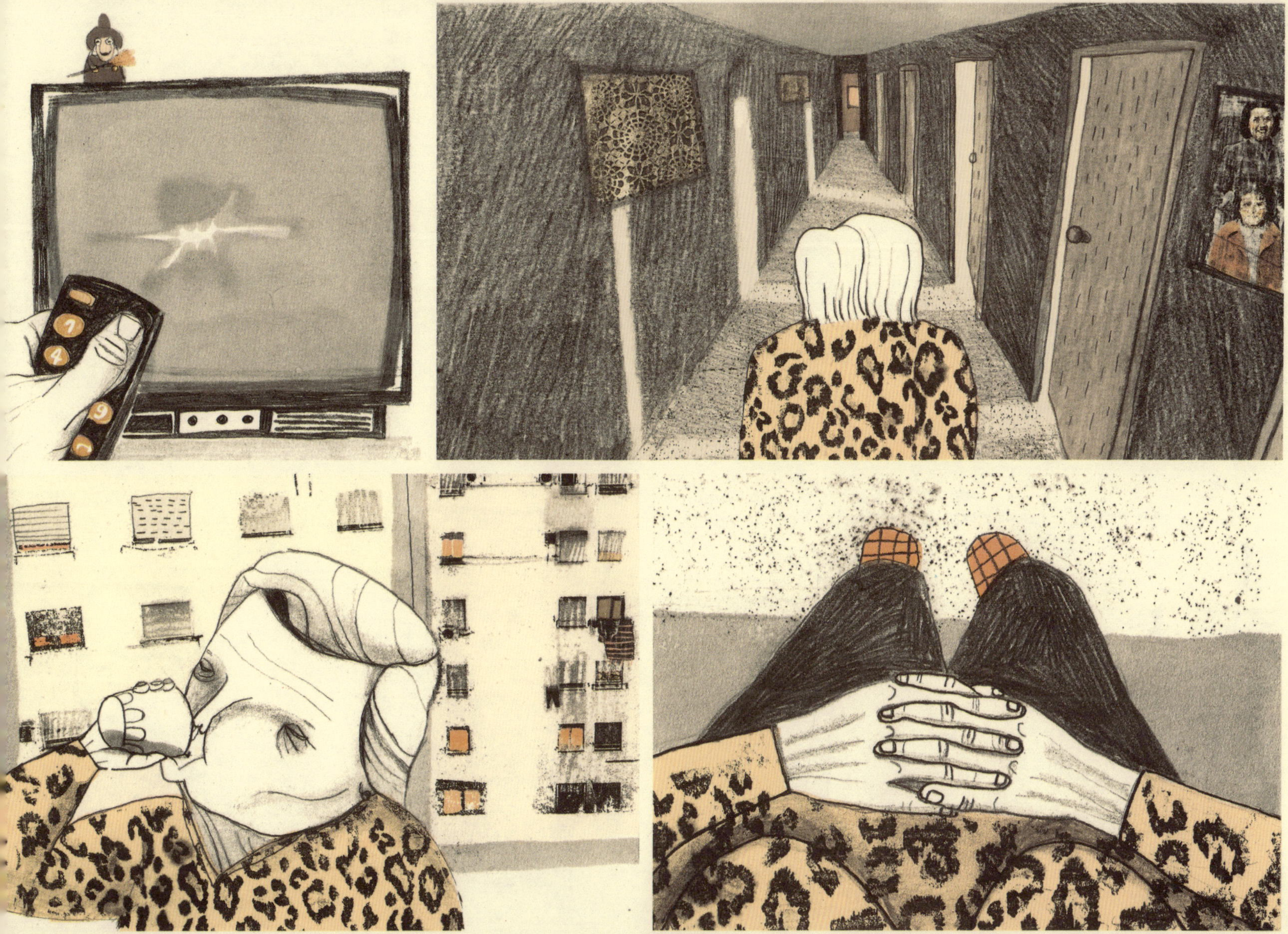

Maribel

— Oi, filha, como você me disse que tinha pensado em ir logo ao povoado...

— Pois é, mamãe, mas esta semana estou a mil. Tenho que fechar os boletins. Além disso, tem o aniversário da Pura. Mas acho que a Glória, sim, tinha pensado em ir.

Adaptação curricular 3º ano

Glória

— Mamãe, é que neste fim de semana tínhamos pensado em ir pintar a casa de Yémeda.

Juan Ángel

— É que a Lúcia tem um campeonato de basquete e eu tinha prometido levá-la.

É QUE NO SÁBADO AS CRIANÇAS TÊM O GRUPO DE ESCOTEIROS E TÍNHAMOS MARCADO UM ENCONTRO COM OS OUTROS PAIS.

VAMOS NOS ENCONTRAR COM OS PARENTES DO AGUSTÍN, POIS TEREMOS UM ALMOÇO DE FAMÍLIA.

"EU NÃO TINHA VONTADE, ME DEU TRISTEZA PARTIR."

BEM, PAPAI, FIQUE TRANQUILO, TENTE TER PACIÊNCIA. É QUE EU, AGORA, VEJO A VOVÓ MARUJA COMO UMA CRIANÇA. É PRECISO VÊ-LA COM OUTROS OLHOS.

MAS É QUE VOCÊ É NETA, COMIGO ELA SÓ SE QUEIXA DE TUDO E ME CRITICA.

SUA MÃE, ÀS VEZES, SE COMPARA COMIGO. COMO SE FOSSE A MESMA COISA CUIDAR DOS PAIS IDOSOS.

212
N-320
MOTILLA DEL PALANCAR
CUENCA
VILLANUEVA DE LA JARA
ALBACETE

E-901 A-3
Madri

SEM CONTAR QUE ELES SÃO SEIS IRMÃOS E TODOS MORAM EM VALÊNCIA, AO LADO DA MÃE DELES. COM A AVÓ HERMÍNIA, NINGUÉM FICA SOBRECARREGADO.

HONRUBIA 2

HOTEL · RESTAURANTE · ONAYA

PULA PULA CARAMELO

SIM, PAPAI, MAS A VÓ MARUJA SEMPRE FOI SOZINHA: DE PEQUENA, COM SUA TIA, LONGE DOS PAIS, E DEPOIS COM O AVÔ... NÃO SE AMAVAM.

— A vó Hermínia, ainda que a mãe dela tenha abandonado todo mundo, cresceu rodeada de gente.

— Sim, eu entendo, mas isso não justifica. Cresceram no pós-guerra, com muitas bocas para alimentar. O que aconteceu com minha mãe aconteceu com muitas crianças: foram dadas a outros familiares com mais dinheiro.

— Tá, mas a vó Maruja viveu num ambiente muito mais repressivo. A vó Hermínia teve outra visão das coisas: sua família tinha o teatro do povoado, e ela sempre se lembra da quantidade de gente que passava por ali, ainda que nessa época fosse impossível se salvar...

— Mas a vó Hermínia tem outro jeito, ela leva a vida de outra maneira.

ELA TAMBÉM VIVEU O SEU BOCADO.

CERTAMENTE TIVERAM QUE PASSAR POR ESTA ESTRADA QUANDO FORAM EMBORA DO POVOADO.

HONRUBIA, 1969

MARIBEL, FORAM AO BANHEIRO?

SIM, MAMÃE.

VÃO SUBINDO NO CAMINHÃO, QUE SÓ VIAJAMOS UMA HORA E SEU PAI JÁ QUER SAIR.

UM MOMENTO, JÁ SUBO.

"UM RAIO DE SOL, OH, OH, OH!"*

---
* N. do T.: Toca o Refrão da música "Un rayo de sol", da banda espanhola Los Diablos. No verão de 1970, foi a canção mais tocada nas rádios espanholas.

— CLARO QUE SIM, FILHO, NAS FÉRIAS A GENTE VOLTA AO POVOADO.

— MAMÃE, A GENTE AINDA VAI VOLTAR A QUINTANAR?

FAMÍLIA GRANDE, GARRAFA GRANDE
PREÇO FAMÍLIA

Já à venda o delicioso
REFRIGERANTE
A CASEIRA
A MARCA DE QUE SE LEMBRARÁ COM GOSTO.

LAGARTO
DESENGORDURANTE - POLIDOR
"LIMPA MELHOR"
BAIXELAS, TALHERES, LADRILHOS, BANHEIRAS, LAVABOS.

NIVEA
Feliz e pontual!

Centro da cidade de Valência

Em três dias tenho uma carga em Barcelona. Ficarei fora a semana toda.

Não se preocupe, eu me viro sozinha.

Não fique triste, Hermínia.

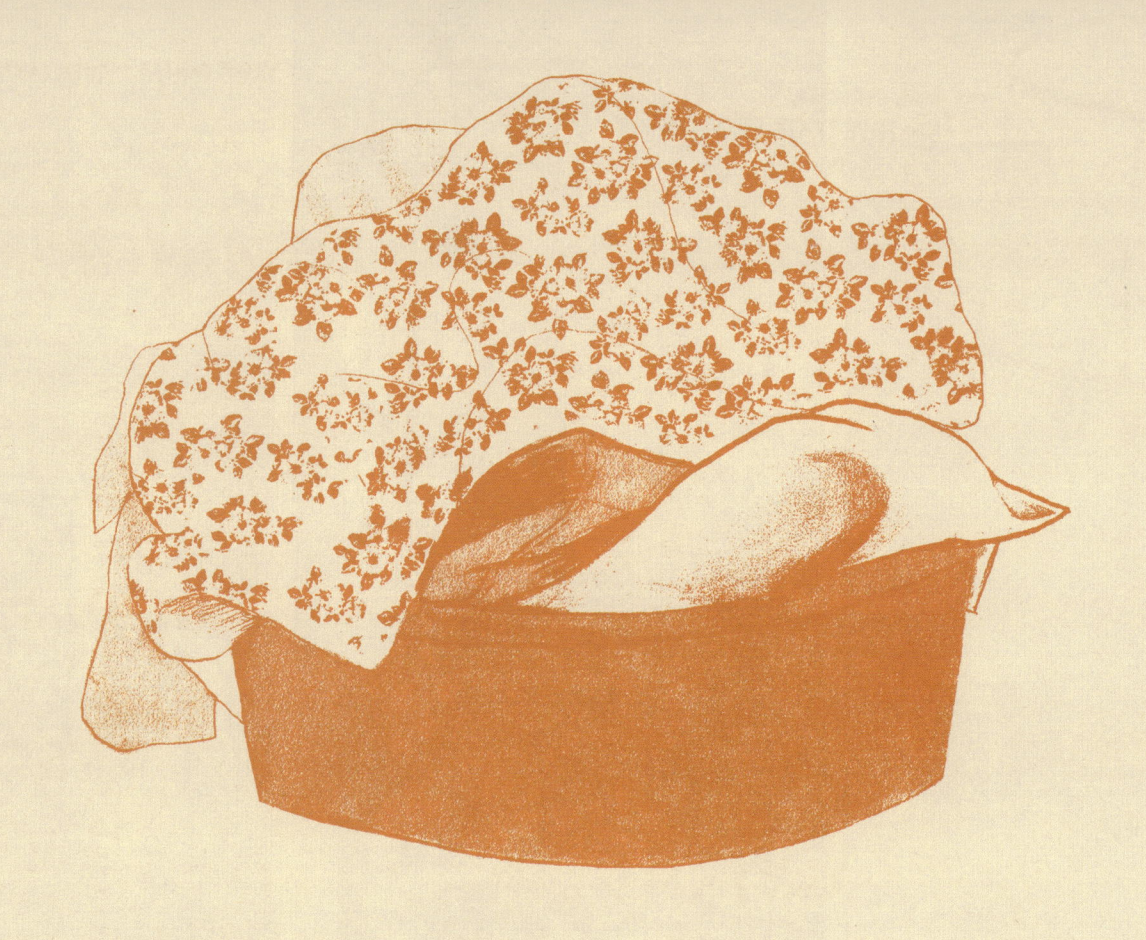

"FUI TER LAVADORA SÓ NA CHÁCARA BLANCA. EU ESTAVA ACOSTUMADA A LAVAR À MÃO… SEI LÁ… A VERDADE É QUE LAVEI MUITO… É QUE FUI FORTE."

BOM, HERMÍNIA, NÃO FIQUE TRISTE.

VAMOS CANTAR... QUEM CANTA, SEUS MALES ESPANTA!

EU SEI ESPERAR...*

COMO A NOITE ESPERA A LUZ,

COMO ESPERAM AS FLORES QUE O SERENO AS ABRACE.

* N. do T.: Hermínia canta o bolero "Yo sé esperar", muito famoso na época rememorada pela narrativa. Neste romance gráfico, a letra da canção dialoga com a epígrafe de Carmen Martín Gaite sobre as mulheres que passam a vida esperando.

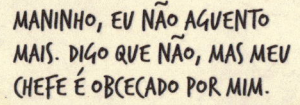

EU SEI ESPERAR, QUE NO AMOR ESPERAR É VENCER.

PASSEI A MANHÃ TODA COM O TÁXI NUM ENGARRAFAMENTO.

FICO FELIZ DE TE V[ER]
JOSELOLI CHEGARÁ [NO]
FIM DA TARDE.

OI, FILHA, COMO ESTÁ?

COMO EU POSSO ESTAR? CANSADA!

MANINHO, EU NÃO AGUENTO MAIS. DIGO QUE NÃO, MAS MEU CHEFE É OBCECADO POR MIM.

LÁ VEM...

MANA, TUDO É MUITO DIFÍCIL. O TAXISTA ACABA DE ME FERRAR, MAS A GENTE NÃO PODE MANDAR ELE À MERDA.

— É O MESMO QUE EU TE DIGO, JOSELOLI.

— AI, MAMÃE, QUE CHATA. SE VOCÊ NUNCA TEVE CHEFE, COMO PODE SABER?

— EU BEM QUE GOSTARIA DE SER DONA DE CASA. FAZ AS COISAS QUANDO QUER, NINGUÉM MANDA EM VOCÊ.

— VOU RECOLHER A ROUPA ANTES QUE CHOVA.

QUE TRABALHO ME DÃO.

VALÊNCIA, 1971

AI, QUANDO A BEBÊ NASCER TEMOS QUE PROCURAR OUTRO APARTAMENTO, AQUI NÃO CABEMOS.

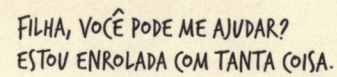

FILHA, VOCÊ PODE ME AJUDAR? ESTOU ENROLADA COM TANTA COISA.

MAMÃE, TENHO PROVA. SÁBADO EU TE AJUDO.

N. do T.: Versos da canção "Domingo de carnaval" ("A cigana"), de Fuensanta Cano Rodríguez, muito popular na Espanha, no contexto retratado pela narrativa.

A VOZ OPERÁRIA

OPOSIÇÃO DE ESQUERDA DO PARTIDO COMUNISTA DA ESPANHA (OPI)
DIREÇÃO NACIONAL DO PAÍS VALENCIANO

Nº 6 (IIª ÉPOCA) — ABRIL 1974 — 10 Ptas.

CONSTITUIÇÃO DAS JUVENTUDES

"SUA MÃE E SUA TIA IAM COLAR PROPAGANDA POLÍTICA POR AÍ, E A GENTE TINHA VIVIDO UMA GUERRA. QUERENDO OU NÃO, A GENTE ESTAVA ASSUSTADA."

Maribel Chornillas

— TODOS ROUBAM, TANTO FAZ QUEM SEJA.
— POIS MEU GENRO É POLÍTICO E É MUITO HONRADO.
— AÍ VEM A HERMÍNIA.
— EU NÃO ACREDITO NA POLÍTICA.
— O QUE VOCÊ ACHA, HERMÍNIA? TODOS OS POLÍTICOS SÃO IGUAIS OU NÃO?
— MAS, MULHER, ALGUMA OPINIÃO VOCÊ TEM.
— NÃO ME METAM NAS CONFUSÕES DE VOCÊS, JÁ TENHO PROBLEMAS SUFICIENTES COM OS MEUS FILHOS QUE VIERAM ALMOÇAR COMIGO.

VOTE — Governar PARA A MAIORIA
VOTE — Rebele-se!

Cabeleireiro MARCIAL
A AUTÊNTICA QUERATINA ALISADORA

— NÃO É QUE NOS ROUBARAM... NOS DEIXARAM SEM NADA!

— COM QUEM VOCÊ VAI COLAR OS CARTAZES?
— COM O PESSOAL DA ASSOCIAÇÃO DE MORADORES, MARCAMOS ÀS SEIS DA MANHÃ.
— PODEM ME AJUDAR A PREPARAR O JANTAR? O QUE VOCÊS ESTÃO FAZENDO?
— NADA, MAMÃE. VOCÊ NÃO IA ENTENDER.
— AINDA VÃO DAR UM DESGOSTO PARA O PAI DE VOCÊS. E TUDO POR CAUSA DA MALDITA POLÍTICA!

— EITA!
— CONTINUAM AÍ.
— UM DIA TEREMOS...

SUSPENSA A APRESENTAÇÃO DOS LIVROS DE LLUCH

LAS PROVINCIAS

69

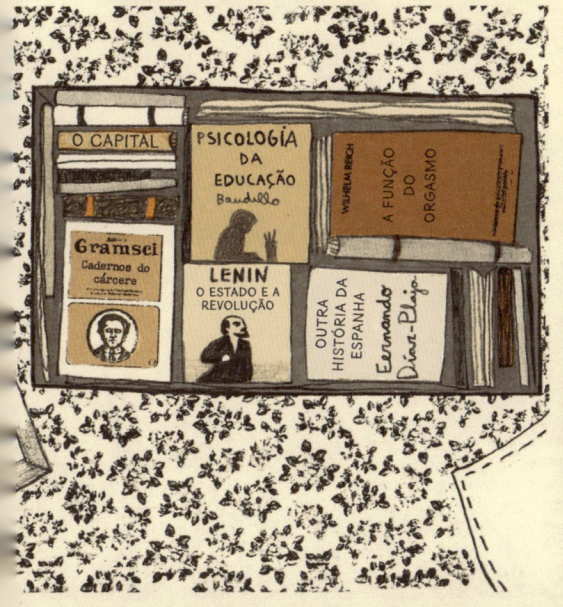

VALÊNCIA, 1974

"ESTES JOVENS NÃO SABEM EM QUE ESTÃO SE METENDO."

PUXA!

"FIQUEI SABENDO QUE HAVIA MORRIDO PORQUE VI NA TELEVISÃO. SEU AVÔ E EU NUNCA GOSTAMOS DO FRANCO."*

* N. do E.: Francisco Franco foi o ditador espanhol que assumiu o poder após o fim da Guerra Civil Espanhola, em 1939, e governou até 1975, quando morreu.

— JOSÉ, NÃO ENTENDO POR QUE VOCÊ QUIS VIR. É MELHOR DEIXAR OS MORTOS EM PAZ.

— MAMÃE, SÓ QUERIA VER A CARA DESTE DESGRAÇADO PELA ÚLTIMA VEZ.

Palácio Real de Madri

"ME LEMBRO DE QUE, NO DIA EM QUE ELE MORREU, JOSÉ E EU FICAMOS NA FILA ATÉ O VERMOS. EU ME ARRUMEI... FRANCO TANTO FAZIA PARA MIM, SEU AVÔ ERA QUEM ENTENDIA DE POLÍTICA."

"A MELHOR COISA QUE ACONTECEU NA MINHA VIDA FOI DIRIGIR."

TIREI CARTA QUANDO MORÁVAMOS EM MADRI, AO LADO DA PORTA DE TOLEDO, ANTES DE NOS MUDARMOS PARA ALCORCÓN.

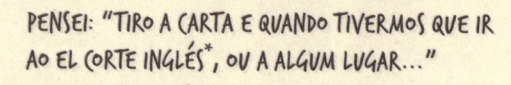

PENSEI: "TIRO A CARTA E QUANDO TIVERMOS QUE IR AO EL CORTE INGLÉS*, OU A ALGUM LUGAR..."

* N. do T.: El Corte Inglés é uma loja de departamentos popular na Espanha.

PASSEI NA TERCEIRA OU NA QUARTA TENTATIVA. O AVÔ NÃO FICAVA BRAVO QUANDO EU DIZIA A ELE QUE TINHA REPROVADO. E MEU PAI DISPARAVA: "PRA QUE VOCÊ QUER A CARTEIRA DE MOTORISTA?".

QUANDO O AVÔ MORREU, EU IA SOZINHA A MADRI E A MUITOS LUGARES.

ALCORCÓN, 1980.
Fim do curso de pintura de flores

POR QUE A GENTE NÃO ESPERA ATÉ CONSEGUIR FAZER MELHOR?

MARUJA, QUEM NÃO ARRISCA NÃO PETISCA.

ROSA, TENHO DOR DE BARRIGA E OS NERVOS À FLOR DA PELE. VOCÊ QUE É MUITO ATIRADA! EU SEMPRE FUI MUITO BOBA.

"EU VI AS PESSOAS JOVENS ANDANDO DE CABEÇA ERGUIDA, SEGURAS. DE REPENTE COMPREENDI QUE O FUTURO JÁ ESTÁ AQUI."

"E EU CAÍ, APAIXONADO PELA MODA JOVEM, PELOS PREÇOS E OFERTAS QUE EU VI, APAIXONADO POR VOCÊ..."*

* N. do T.: No rádio do carro, toca um *rock* dos anos 1980, "Enamorado de la moda juvenil", da banda Radio Futura.

Metro
Gran Vía
CASTANHAS ASSADAS
ESTREIAS DA SEMANA
PEPI LUCI BOM
Y OTRAS CHICAS DEL MONTÓN
El Corte Inglés

RICO, VOCÊ ME ENLOUQUECE.

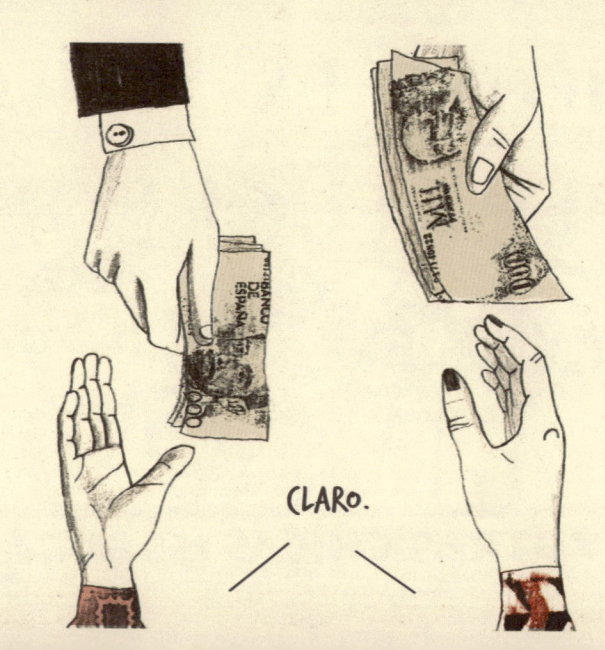

AS SENHORAS PODERIAM FAZER MAIS DEZ PARA O MÊS QUE VEM?

CLARO.

Ofertas

GANHE TEMPO PARA SE DEDICAR À FAMÍLIA.

A SENHORA VAI VER QUE MARAVILHA.

ALGUMA VEZ TE CONTEI QUE ESTE QUADRO FUI EU QUE FIZ?

ALÔ, VÓ, TUDO BEM?

SIM, VÓ, VOLTO DE MANHÃ PRA VALÊNCIA E NA HORA DO ALMOÇO CHEGO AÍ NA SUA CASA.

SIM, ESTOU AQUI COM ELA. TAMBÉM TE MANDA UM ABRAÇO.

ERA A VÓ HERMÍNIA. AMANHÃ, QUANDO CHEGAR EM VALÊNCIA, TAMBÉM VOU ME ENCONTRAR COM ELA PARA QUE ME CONTE A HISTÓRIA DELA.

QUEM É?

FICO MUITO TRISTE QUE VOCÊ VÁ EMBORA.

"LEMBRO QUE AFONSO, QUANDO IA ÀS LOJAS, ME DIZIA:
'NÃO VI NENHUMA MULHER QUE VAI FAZER COMPRAS COM TÊNIS E MEIA…'.
POIS É, É QUE ELE TINHA MUITO CIÚMES."

BOM, JÁ ESTAMOS TODAS AQUI!

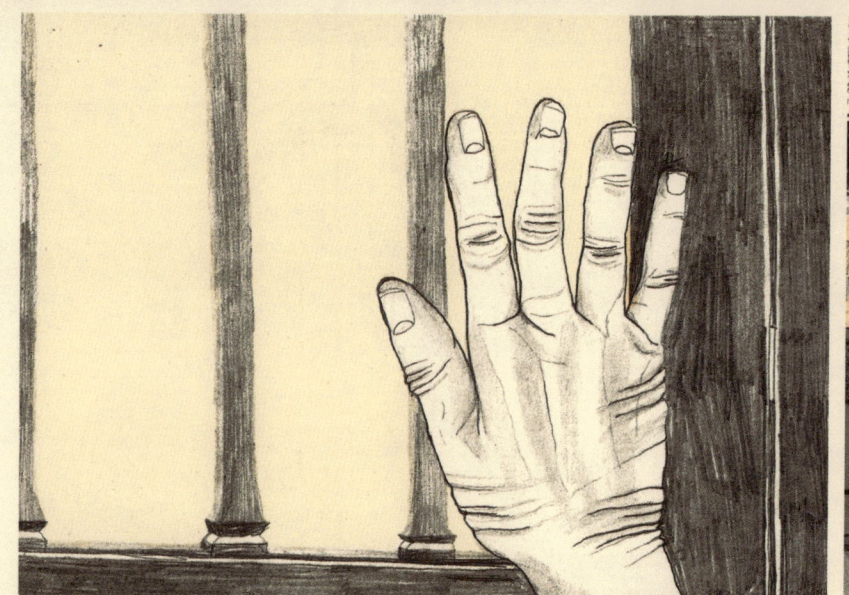

HERMÍNIA, E COMO ESTÁ COM O REMÉDIO PRO SANGUE?	EU ACHO QUE A MINHA PRESSÃO VOLTOU A SUBIR.	JÁ EU NÃO TENHO DORMIDO NADA.
MINHAS PERNAS ESTÃO PIORES A CADA DIA.	HOJE EU TAMBÉM NÃO FUI AO BANHEIRO.	POIS É, A GENTE ESTÁ BEM ARRANJADA.

VOCÊS NÃO GRITAM, BERRAM!!!

QUANDO AS SENHORAS VÃO EMBORA, EU TOMO UMA ASPIRINA.

VOU VER O QUE COZINHO PARA A MINHA ANA.

BARTON

MENU
PRATOS
ÚNICOS
1º E 2º
+
BEBIDA
E CAFÉ

NÃO RECLAME, QUE ESTAMOS PAGANDO.

VALÊNCIA, 1984

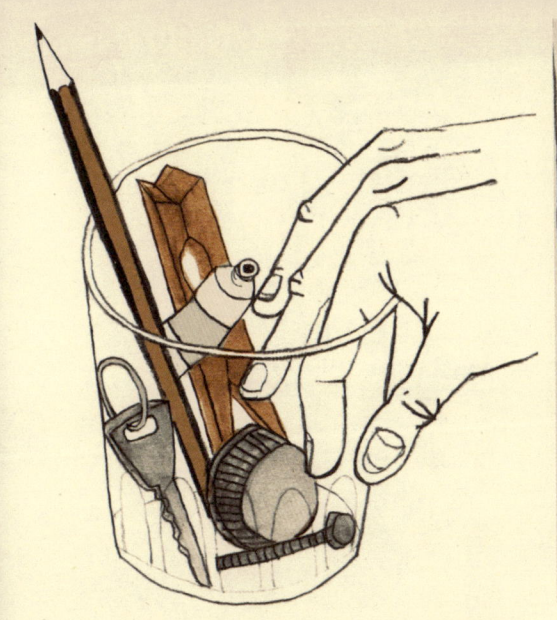

FILHO, OLHOU O FOGO?

NÃO.

MEU DEUS, TODOS OS DIAS A MESMA COISA. MAS HOJE NÃO VOU ME ABORRECER.

FILHA, LIGA O RÁDIO PRA ESPANTAR A TRISTEZA.

HERMÍNIA!

E O BACALHAU NO AZEITE?

ATÉ QUE ENFIM SOZINHA!
MEU DEUS!!! A LAVADORA!!!
MEIO-DIA! VOU ATÉ A VENDA DA ESQUINA. JÁ NÃO DÁ TEMPO DE IR AO MERCADO.

ALIMENTOS

PUTZ! DE NOVO ESQUECI O BACALHAU NO AZEITE! BRONCA NA CERTA.

1986

AMANHÃ ARRUMO TUDO.

MENINAS, NÃO GRITEM TANTO!

— PRA MIM, CUIDAR DA CASA E DAS CRIANÇAS NÃO DEU MUITO TRABALHO. QUER SABER DE MAIS ALGUMA COISA?

— DESCANSA, VÓ, JÁ FAZ TRÊS HORAS QUE ESTAMOS CONVERSANDO. SE QUISER, CONTINUAMOS DEPOIS, ENQUANTO OLHAMOS AS FOTOS.

— VÓ, ME DEIXA PELO MENOS LAVAR A LOUÇA!

— NEM PENSE NISSO. SÓ COLOQUE A FRIGIDEIRA DE MOLHO. E ME TRAGA O UÍSQUE, QUERIDA, QUE VOU COLOCAR UM POUCO NO MEU CAFÉ.

NADA DISSO! DAQUI A POUCO EU LAVO. O CAFÉ, O CAFÉ!

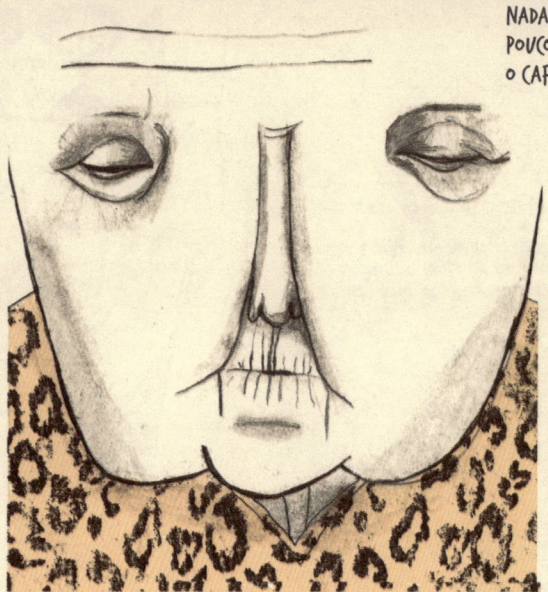

JÁ SÃO CINCO DA TARDE! PROMETI A GLÓRIA QUE PEGARIA AS CRIANÇAS NO COLÉGIO.

ARRUMAR AS CAMAS! TANTO FAZ, DAQUI A POUCO JÁ VAMOS NOS DEITAR.
QUERIDO, QUE BOM QUE VEIO ME VER. ME DEIXAM APROVEITAR MUITO POUCO A COMPANHIA DE VOCÊS.
CARAMBA! ESTÁ PASSANDO O BASQUETE.
MAMÃE, VOCÊ CHAMOU O TÉCNICO?

AMANHÃ EU CHAMO. HOJE NÃO CONSEGUI. ALIÁS, ONDE ESTÁ O NÚMERO? SÓ PROCURE E DEIXE AQUI PRA MIM, QUERIDO.
MAMÃE, PACO FICA PARA JANTAR COM A GENTE.
NÃO TE DOU NENHUMA MOEDA. JÁ TE DEI DINHEIRO ONTEM À NOITE.
AMANHÃ VOCÊ NÃO VAI VER NEM UM CENTAVO. TOME AQUI.
PUNK

AI, QUERIDA, ACABEI COCHILANDO.
NÃO SE PREOCUPE, ESTAVA AQUI OLHANDO O ÁLBUM.

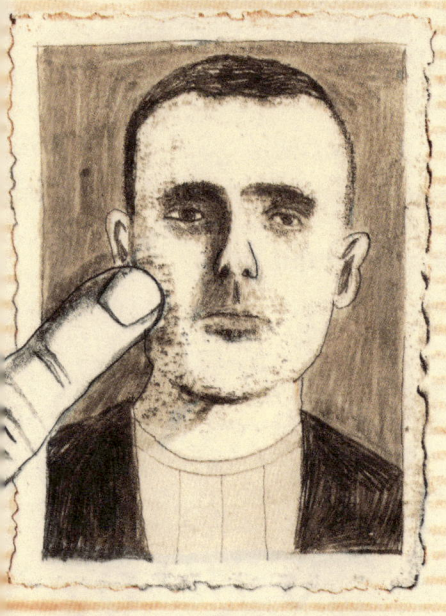

ESTE É MEU AVÔ, JUAN ALONSO. MORREU QUANDO MINHA MÃE FOI EMBORA. DE DESGOSTO.

FOI ELE QUEM MONTOU O TEATRO DO POVOADO. NOSSA CASA ESTAVA CONECTADA COM O TEATRO, NÃO ERA UMA CASA NORMAL E COMUM. HAVIA MUITAS PORTAS, NÃO PARAVA DE ENTRAR E SAIR GENTE: ARTISTAS, VIZINHOS... HAVIA MUITOS AMBIENTES.

É VERDADE QUE A PERSEGUIRAM COM PAUS?

ISSO EU NÃO VI, ME CONTARAM.

E ESTA É MINHA MÃE, QUE DESCANSE EM PAZ.

E COMO FOI A HISTÓRIA?

MEU AVÔ COMPROU UMA POUSADA EM ALBACETE E LEVOU A MINHA MÃE PARA QUE TRABALHASSE LÁ. MEU PAI FICOU NO POVOADO CUIDANDO DO TEATRO.

E, EM ALBACETE, MINHA MÃE CONHECEU UM SENHOR QUE ERA DISTRIBUIDOR DE FRUTAS, JOAQUIM. MINHA MÃE JÁ TINHA SEIS FILHOS, E JOAQUIM ERA UM HOMEM SOLTEIRO E O OPOSTO DO MEU PAI, QUE NÃO ERA MUITO TRABALHADOR.

E ALGUMA COISA AQUELE HOMEM LHE DISSE, PORQUE MINHA MÃE ESTAVA BEM PRA IDADE DELA, TINHA UMA GRAÇA ESPECIAL. PORQUE CONHECIA O TEATRO, TINHA TRABALHADO COM ARTISTAS, TINHA OUTRA MENTALIDADE. E ESSE HOMEM, AOS POUCOS, A CONQUISTOU.

DEPOIS ELA VEIO PARA O POVOADO PARA ACABAR COM A HISTÓRIA E FICAR COM A GENTE. MAS AQUELE HOMEM CONTINUAVA ESCREVENDO PRA ELA, ESTAVA APAIXONADO. E ELA TAMBÉM SE APAIXONOU LOUCAMENTE POR ELE.

E UM DIA UM MENINO FOI PROCURAR MINHA MÃE COM UM BILHETE PARA LHE DIZER QUE JOAQUIM TINHA VINDO DE CARRO E ESTAVA ESPERANDO POR ELA. E, AO QUE PARECE, A PRIMA ISABEL, QUE MORAVA EM CASA, VIU MINHA MÃE FAZER UMA TROUXA COM O ESSENCIAL. E, COMO JÁ HAVIA RUMORES, PERCEBEU QUE MINHA MÃE IA EMBORA.

QUANDO MINHA MÃE ESTAVA DESCENDO AS ESCADAS, A PRIMA ISABEL COMEÇOU A GRITAR: "MINHA PRIMA ESTÁ INDO EMBORA, MINHA PRIMA ESTÁ INDO EMBORA".

E ENTÃO APARECERAM VÁRIOS HOMENS, UM COM UMA CORDA, OUTRO COM UM PEDAÇO DE PAU, E SAÍRAM ATRÁS DELA. JOAQUIM A ESPERAVA NA ESQUINA, ONDE MORAVA ISABEL DE GRILLO. QUASE A ALCANÇARAM QUANDO ESTAVA ENTRANDO NO CARRO.

SE A PEGASSEM NAQUELA HORA, ELES A TERIAM MATADO! POR ISSO MINHA MÃE TINHA MUITA FÉ NA VIRGEM DOS CONSOLADOS. E SE FOI PARA ALBACETE. MEU AVÔ FICOU ARRASADO. O QUE EU NÃO SEI DIREITO É QUANDO EXATAMENTE MINHA MÃE SE FOI. SEI QUE FOI ANTES DA GUERRA, EU TINHA QUATRO ANOS.

EU ERA MUITO BEM CUIDADA POR MINHA AVÓ, QUE ERA QUEM ME DAVA O CAFÉ DA MANHÃ, CUIDAVA DE MIM QUASE MAIS DO QUE MINHA MÃE.

MINHA AVÓ ERA QUEM ME CONTAVA HISTÓRIAS, ESSAS QUE DEPOIS EU CONTAVA PARA VOCÊ, QUANDO ERA PEQUENA. A AVÓ HERMENEGILDA SABIA LER, E NÃO PENSE QUE TODAS AS MULHERES LIAM NAQUELE TEMPO! HAVIA UMA BIBLIOTECA PEQUENINA NO TEATRO, ALI TINHA "AS MIL E UMA NOITES", E MINHA AVÓ ME CONTAVA ESSAS HISTÓRIAS ANTES DE EU DORMIR.

E ESTA É VOCÊ, NÃO É? OLHA QUE MODERNA!

CLARO, EU GOSTAVA DE USAR MINHA JAQUETA RANCHEIRA.

E AQUI ESTOU COM SEU AVÔ NO BAILE. AINDA QUE NÃO PARECESSE, QUANDO ERA JOVEM, ERA MUITO ROMÂNTICO!

— RELAÇÃO AO SEXO, VÓ?... COMO ERA NAQUELA ÉPOCA?

— NÃO SEI SE ALGUMA VEZ FALEI SOBRE ISSO COM MINHAS FILHAS, MAS ELAS PODEM IMAGINAR. EU ERA UMA MULHER E SEU AVÔ ERA UM HOMEM. DE MODO QUE APROVEITEI ATÉ QUANDO O CORPO PERMITIU.

— E VOCÊ FALAVA DISSO COM SUAS AMIGAS?

— NÃO, NÃO, NÃO... DISSO NÃO SE FALAVA. QUANDO MUITO, ÀS VEZES SE FAZIA ALGUMA PIADA. MUITAS MULHERES NÃO APROVEITAVAM O SEXO NEM JAMAIS TIVERAM UM ORGASMO...

OS HOMENS DAQUELA ÉPOCA NÃO SABIAM SE SEGURAR, QUANDO TINHAM VONTADE, AGARRAVAM AS POBRES MOÇAS...

ELAS NÃO CHEGAVAM A TER UM ORGASMO PORQUE NEM HAVIAM COMEÇADO E ELES JÁ TINHAM TERMINADO...

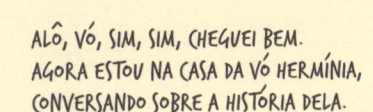

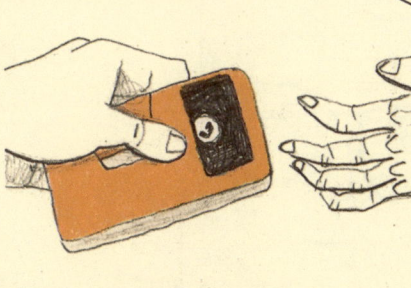

Com imenso carinho, de quem não te esquece um só momento

E ASSIM ACABAVA, MUNDO AMARGO!

TRRRIM!

Vó Maruja

ALÔ, VÓ, SIM, SIM, CHEGUEI BEM. AGORA ESTOU NA CASA DA VÓ HERMÍNIA, CONVERSANDO SOBRE A HISTÓRIA DELA.

ME PASSA PRA EU DAR UM ALÔ PRA ELA.

101

COMO VOCÊ ESTÁ, MARUJA?

OLÁ, HERMÍNIA, AGORA ESTOU TRISTE PORQUE A ANA FOI EMBORA. ELA QUASE NÃO VEM ME VER. VOCÊ SABE, SOMOS VELHAS, NINGUÉM TEM PACIÊNCIA.

MARUJA, TEM QUE TER PACIÊNCIA, O QUE A GENTE DEVE FAZER É INCOMODAR O MÍNIMO POSSÍVEL.

SIM, SIM, MAS EU BEM QUE CUIDEI DELES.

BOM, NÓS JÁ VIVEMOS O QUE TÍNHAMOS DE VIVER. AGORA É OLHAR COMO ELES VIVEM.

AGORA SOMOS UM TRASTE.

AGORA SÃO INSTANTES.

A VIDA É CHATA, NÉ?

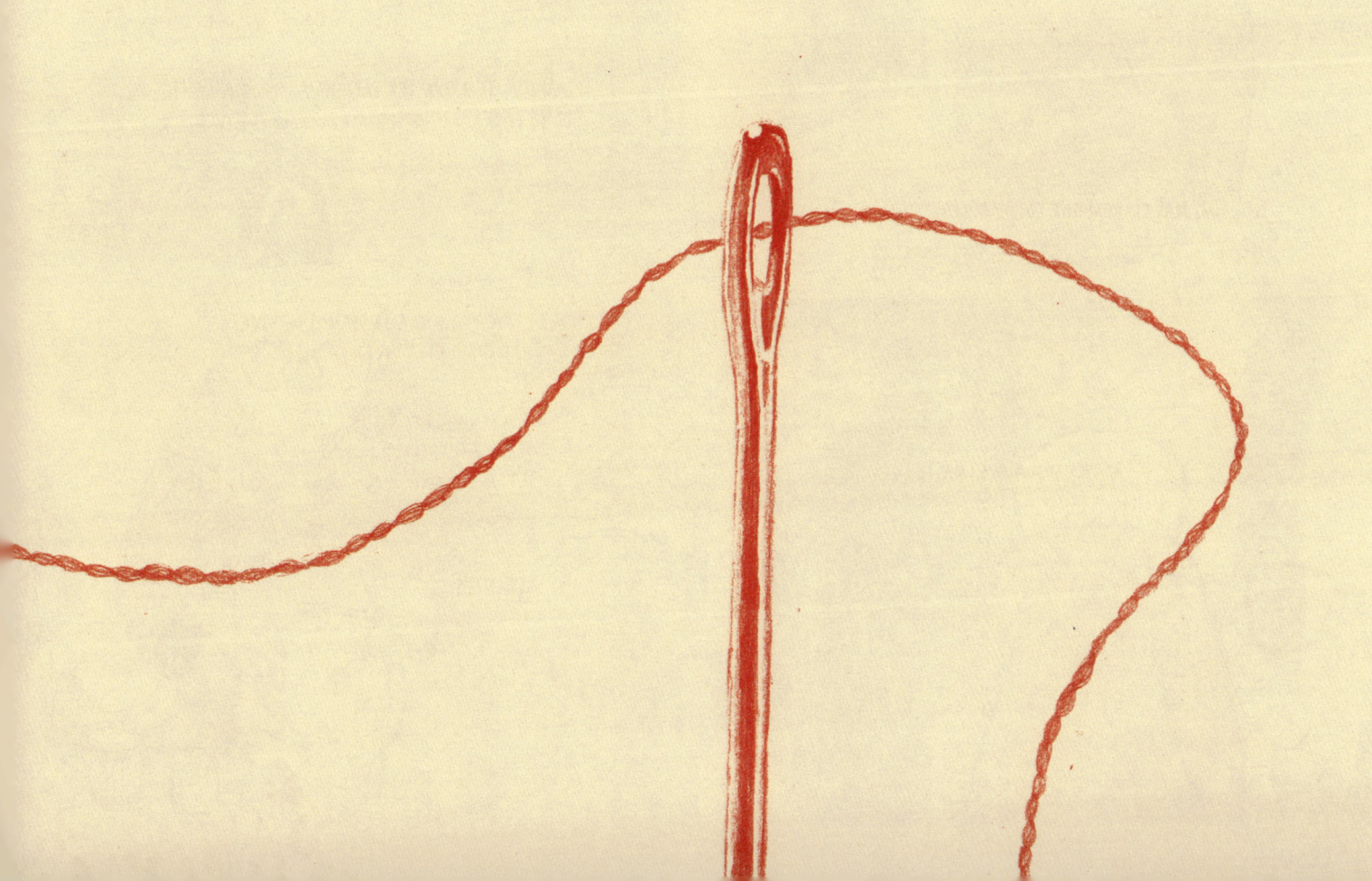

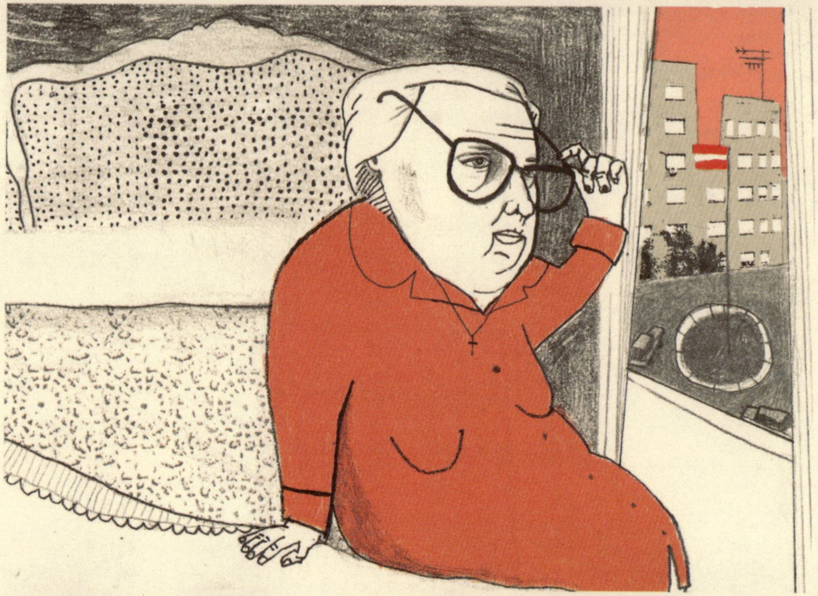
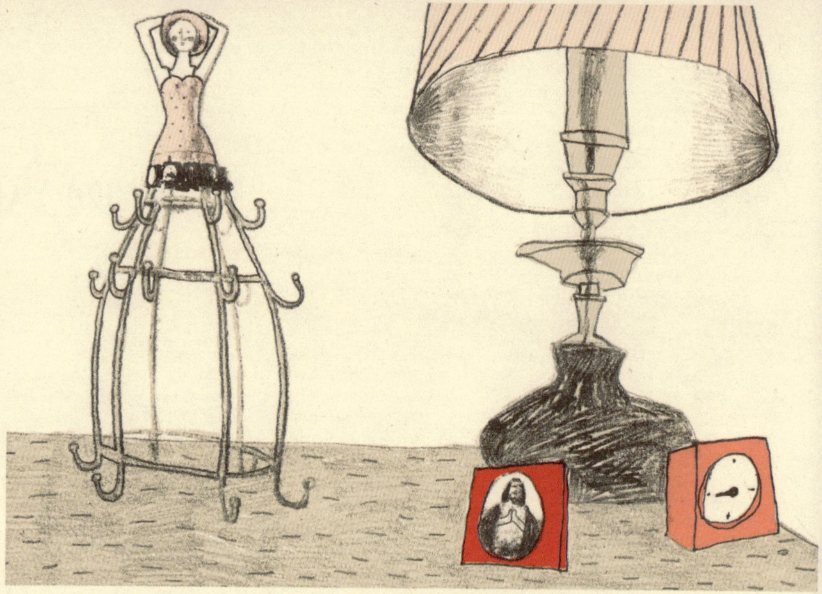
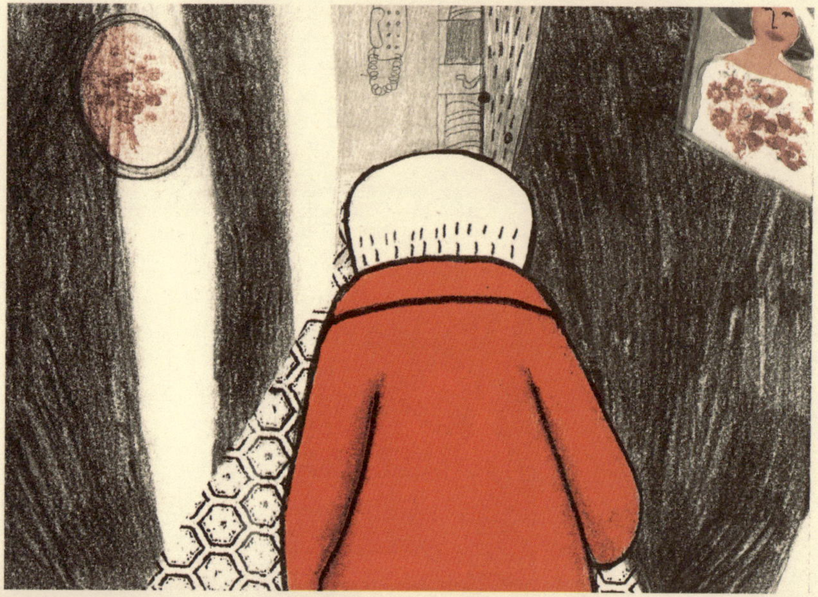
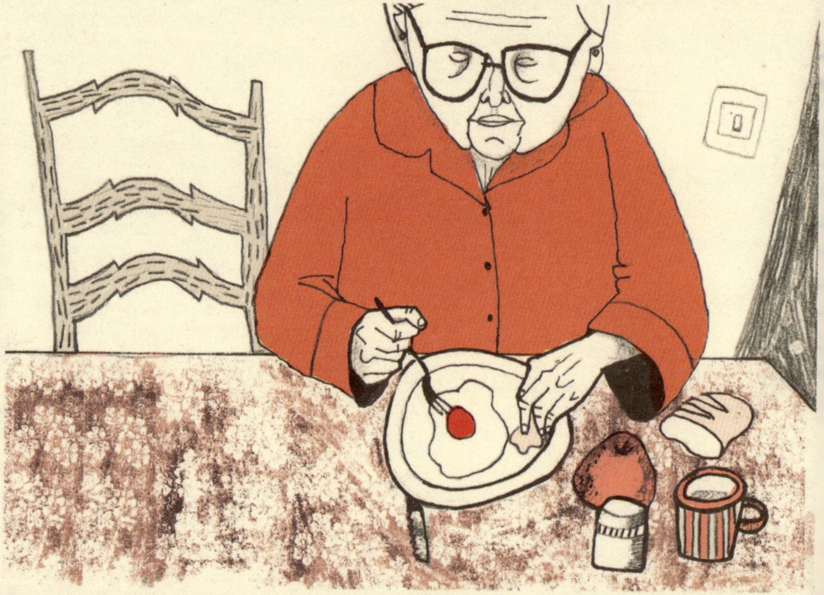

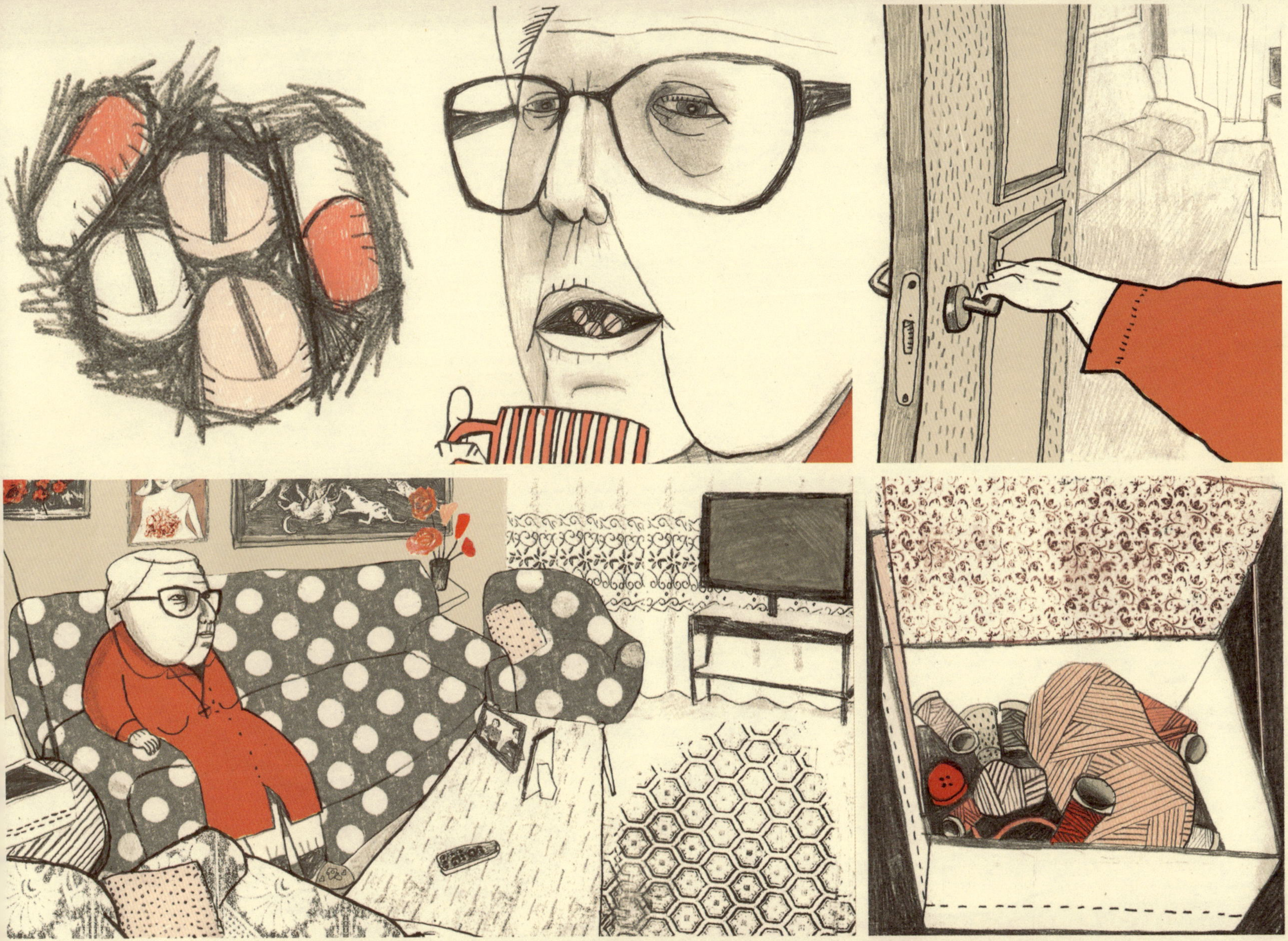

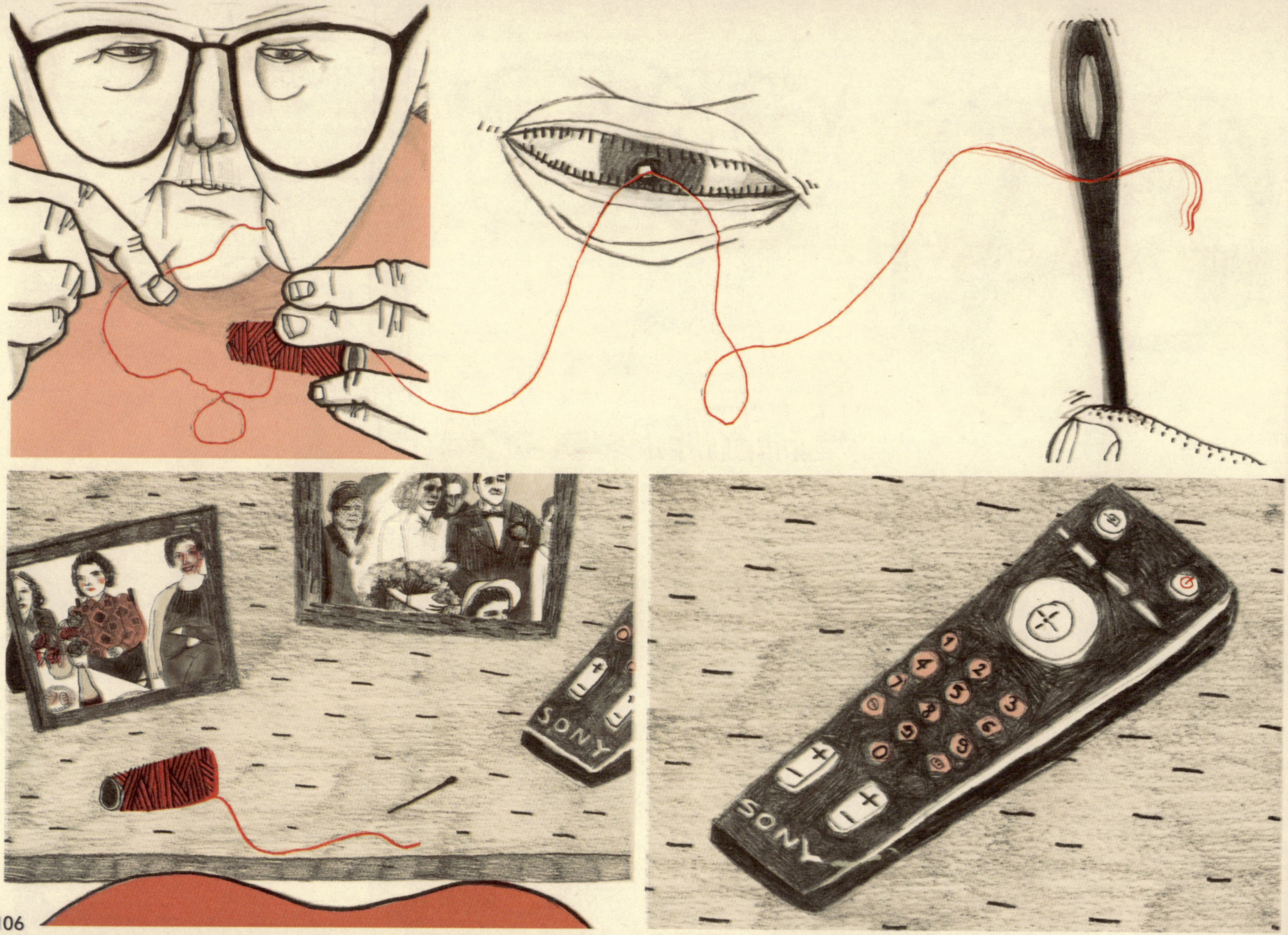
SONY
SONY

CDMNG IESDEFCHNS FUFNWEDCX

"MESSI SAI PELA DIREITA!" "INCRÍVEL! NENHUMA MANCHA." "SENTEM UM ÓDIO MORTAL PELAS DUAS."

107

NUNCA FALEI MAL DELE NEM AO SEU PAI, NEM À SUA MÃE, ELES SÃO OS QUE DESRESPEITARAM A MIM E À MINHA FILHA.

ISSO! ISSO MESMO!

OLÁ, VÓ, COMO ESTÁ?

— POIS É, FILHA, AS PESSOAS SÃO MUITO MÁS.

— DÁ PRA ACREDITAR NO QUE FIZERAM COM A POBRE BELÉM? E COM SUA FILHA, ANDREA... NÃO SE PODE CONFIAR EM NINGUÉM.

— E O QUE VOCÊ ALMOÇOU?

— E ALÉM DE TUDO, A PILI, QUE ESTÁ BEM FEIA, DIZ QUE A CULPA É DELA.

— NÃO, VÓ, ESTOU PERGUNTANDO COMO VOCÊ ESTÁ.

— ESTAMOS TODAS BEM.

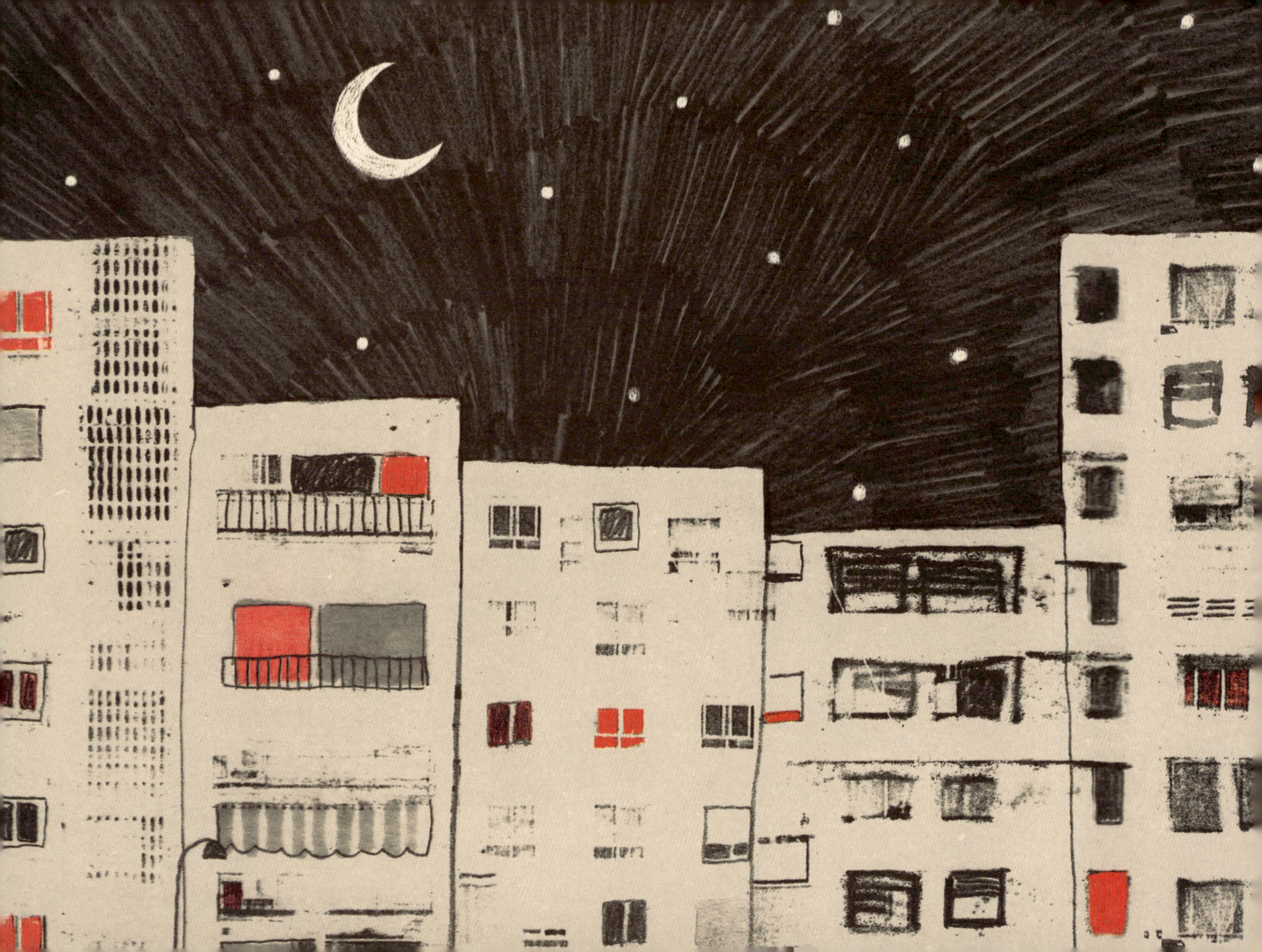

OBRIGADA A MINHAS AVÓS, MARUJA E HERMÍNIA, POR CONSTRUÍREM UM LUGAR SEGURO ONDE ME CONFIARAM SUAS HISTÓRIAS E ME MOSTRARAM SUA MANEIRA DE VER O MUNDO. OBRIGADA A MINHA MÃE E A MEU PAI POR ME AJUDAREM A CONHECER MINHAS AVÓS COMO MÃES E A COMPREENDER MELHOR AQUELES ANOS. OBRIGADA A MEU IRMÃO JORDI POR COMPARTILHAR COMIGO SUA VISÃO. OBRIGADA A JAVI POR ESTAR PRESENTE EM CADA UMA DAS PEQUENAS MAS MILHÕES DE DÚVIDAS SOBRE O PROCESSO. OBRIGADA A JUAMMI POR ME AJUDAR A ESTRUTURAR A HISTÓRIA. OBRIGADA A TODAS QUE ESTIVERAM CUIDANDO DE MIM DURANTE TODO ESSE TEMPO.

SEM TODAS VOCÊS, NÃO TERIA SIDO POSSÍVEL.

ANA PENYAS (VALÊNCIA, 1987) SE FORMOU EM DESENHO INDUSTRIAL E SE GRADUOU EM BELAS-ARTES NA UNIVERSIDADE POLITÉCNICA DE VALÊNCIA. FOI SELECIONADA PARA REALIZAR UMA RESIDÊNCIA ARTÍSTICA EM DE LICEIRAS (PORTO, 2015). NESSE MESMO ANO, RECEBEU UMA MENÇÃO ESPECIAL NO IV CATÁLOGO IBEROAMÉRICA ILUSTRA, COM A SÉRIE "VIAJE AL INTERIOR", E GANHOU A EDIÇÃO SEGUINTE COM "BUSCANDO UN SITIO". PUBLICOU DOIS LIVROS ILUSTRADOS, **EN TRANSICIÓN** E **MEXIQUE, EL NOMBRE DEL BARCO**, E É ILUSTRADORA NA REVISTA **PIKARA MAGAZINE**. **ESTAMOS TODAS BEM**, SEU PRIMEIRO ROMANCE GRÁFICO, GANHOU EM 2017 O X PRÊMIO INTERNACIONAL DE ROMANCE GRÁFICO FNAC-SALAMANDRA GRAPHIC. EM 2018, ANA PENYAS FOI PREMIADA COM O PRÊMIO AUTORA REVELAÇÃO DO SALÃO DE QUADRINHOS DE BARCELONA E COM O PRÊMIO NACIONAL DE QUADRINHOS, CONCEDIDO PELO MINISTÉRIO DE CULTURA E ESPORTES.

Livro composto com fonte
Verveine Regular, corpo 11,
impresso em papel Polen natural 80 grs
por Gráfica Elyon.